창작시와

# 영어
# 교육
# 기행

## 창작시와 영어교육기행

©김영철, 2024

1판 1쇄 인쇄__2024년 07월 10일
1판 1쇄 발행__2024년 07월 15일

지은이__김영철
펴낸이__홍정표
펴낸곳__작가와비평
　　　등록__제2018-000059호

공급처__(주)글로벌콘텐츠출판그룹
　　　대표__홍정표 이사__김미미 편집__임세원 강민욱 남혜인 홍명지 권군오 기획·마케팅__이종훈 홍민지
　　　주소__서울특별시 강동구 풍성로 87-6
　　　전화__02) 488-3280 팩스__02) 488-3281
　　　홈페이지__http://www.gcbook.co.kr
　　　이메일__edit@gcbook.co.kr

값 16,000원
ISBN 979-11-5592-318-4 13800

# 창작시와
# 영어교육
# 기행

김영철 지음

작가와비평

## 이 시를 내면서

    기후 변화로 인하여 우리의 일상이 점점 더 위태로워지고 있습니다. 무분별한 개발과 환경 파괴로 우리의 지구가 아프기 시작했습니다. 이 시는 개발과 발전이라는 이름으로 우리 일상에서 이루어지고 있는 환경 파괴와 인간 소외를 지은이가 소소한 일상에서 느끼고 표현한 것들입니다.

    물론 사회가 발전하기 위해서는 개발과 변화가 반드시 필요합니다. 하지만 사람들의 지나친 욕심과 탐욕으로 우리 삶의 주변들이 망가진다면 바람직하지 않겠지요. 이 시는 바쁜 현대 사회를 살아가면서 우리가 어떻게 하면 좀 더 함께 살고, 행복하게 살 수 있는지를 생각해볼 수 있는 계기가 될 것입니다.

아울러 창작시를 읽고 느끼면서 영어로 표현하는 연습도 해보는 것은 어떨까요? 여기에 제시된 시적 단어와 표현들을 토대로 독자들의 수준에 맞게 자유로운 영어 표현을 해 보는 것도 영어 교육에 도움이 될 것입니다. 편안한 마음으로 창작시와 함께 영어 교육 여행을 떠나보시지요.

김영철 씀

# 차례

OOPS!

창작시와

# 영어
# 교육
# 기행

# 담쟁이 넝쿨

산책길 옆의 큰 아름 나무
그 위를 타고 오르는 담쟁이 넝쿨
햇빛을 받기 위해 나무를 타고
높이 높이 오르고 있네.

외로운 나무가 어서 오라고
손짓하며 반갑게 맞이하고
넝쿨은 힘이 나서 나무를
따뜻하게 감싸고 있네.

지나가는 사람들에게 멋진 한 폭의
잊을 수 없는 풍경화를 제공하면서
서로 도우면서 살아가는 모습이
너무나도 아름다워 눈물이 나네.

마치 우리 사람들의 인생살이도
이렇게 하면 어떻겠냐고 보여주듯이
서로서로 껴안고 우뚝 솟아서
하루하루를 함께 살아가네.

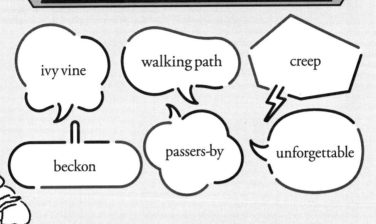

ivy vine

walking path

creep

beckon

passers-by

unforgettable

**Create Poetic Expressions by Yourself.**

embrace the tree warmly

hugging each other

**Let's Give It a Try.**

# 세상사

세상사 좋은 일이 좋은 것이 아니고
안 좋은 일이 안 좋은 일이 아니구나.


좋다가도 어느 순간 안 좋아지고
안 좋다가도 일순간 좋아지는 것이
우리 사람들의 세상사구나.


좋다고 너무 자만하지 말 것이며
안 좋다고 너무 낙담하지 말자꾸나.


우리 인생사 마음먹기 달려 있는 것
좋은 마음으로 함께 어우러져
이 세상 멋지게 살아보자꾸나.

## Imagine Poetic Words in Your Mind.

good thing

bad thing

in a moment

proud

disappointed

the ways of life

## Create Poetic Expressions by Yourself.

That's the way the cookie crumbles in this world.

It's up to you.

Don't be so proud of yourself. / Don't be disappointed.

## Let's Give It a Try.

15

# 함께 사는 삶

숲속 공원 의자에 앉아서
스마트폰을 통해 세상을
살펴보고 있는 사람

그 옆을 무심히
지나가고 있는 사람

주변 숲속 나무들이
산들바람에 나뭇잎을 살랑거리며
언제나 그랬듯이 함께 대화를 나누고 있네.

때로는 자기들끼리 깔깔거리면서 웃고
때로는 서로를 위로하며
더욱 푸르름이 짙어가네.

나무들이 우리 매일 매일의 삶도
자기들처럼 함께 더불어
성숙해지라고 가르쳐주고 있네.

우리도 나무들처럼
주변 사람들과 함께
살아갈 수는 없는 걸까?

## Imagine Poetic Words in Your Mind.

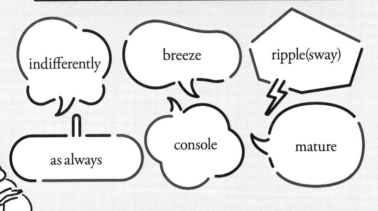

indifferently

breeze

ripple(sway)

as always

console

mature

## Create Poetic Expressions by Yourself.

The leaves are rippling (swaying) in the breeze.

As always, they are communicating each other.

## Let's Give It a Try.

# 결국은 사람

모두가 화려한 시대
최첨단 문명의 기계 속에
부족함이 없는 풍요로운 삶을
오늘도 우리는 저마다 살고 있네.

물질적인 삶은 풍요로운 곳간
우리의 마음은 텅 빈 헛간
모두가 풍요로움을 쫓지만
마음은 더욱더 빈곤해지네.

우리네 인생사 물질과 마음이
손잡고 함께 갈 수 없는 시대구나.
물질과 마음이 풍요로운 삶,
결국은 사람이다.

## Imagine Poetic Words in Your Mind.

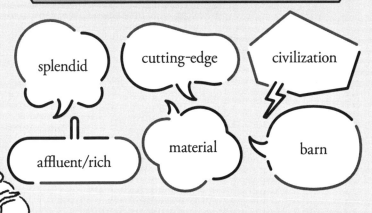

splendid

cutting-edge

civilization

affluent/rich

material

barn

## Create Poetic Expressions by Yourself.

Our mind is getting a lot poorer.

Material and mind can't go together in our life.

## Let's Give It a Try.

# 욕심과 탐욕

내가 하는 일을 더 잘하고 싶은 욕심은
나를 움직이는 원동력이구나.


한참 달리다 보니 저 멀리서
겸손이 서글피 바라보고 있네.
곧 기진맥진할 것을 안타까워하며
서서 쳐다보고 있네.


탐욕이 계속 채찍질하네.
앞만 보고 더 빨리 달리라고 유혹하네.
조금만 더 달리면 낙원이
바로 앞에 있다고 계속 귀에 소근대네.


앞만 보고 정신없이 달리다 보니
꿀 속에 빠져 허우적거리고 있네.

## Imagine Poetic Words in Your Mind.

desire

greed/avarice

motivation

modesty

exhaustion

tempt

## Create Poetic Expressions by Yourself.

Greed whips continuously.

I'm floundering in honey.

Greed is whispering in my ears
because paradise is right in front of me.

## Let's Give It a Try.

# 다르게 성숙하는 나무

가을 산책길의 숲속의 나무들
빨갛고 노란 나뭇잎의 아름다움을
서로 달리기 경주하듯이 뽐내고 있네.

이들 옆 나무들의 푸른 나뭇잎과
바람에 떨어지는 황갈색의 나뭇잎은
어딘가 부족하다는 느낌이 드네.

하지만 숲속 길을 걸어가면서 문득
뒤를 돌아보니 그 풍경이
그 어우러진 모습이 장관이네.

우리 인생도 다르게 성숙하는 나무들처럼
각자 다른 모습으로 함께 어우러지면
화려한 인생의 장관을 이루겠지.

## Imagine Poetic Words in Your Mind.

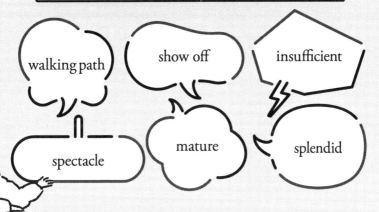

walking path

show off

insufficient

spectacle

mature

splendid

## Create Poetic Expressions by Yourself.

I feel like they are insufficient in some ways.

just like trees maturing differently

## Let's Give It a Try.

# 현충사 가는 은행나무 길

현충사 앞 은행나무 길을
상념에 젖어 천천히 걷노라니
이순신 장군의 충절이
파노라마처럼 스쳐 지나간다.

봄 여름 푸르름을 머금은
씩씩한 은행잎들이
이순신 장군의 충절을 기리며
길가에 우뚝우뚝 서 있었네.

이제 가을이 되어 건들바람에
더욱 성숙한 노랑잎들이
팔랑팔랑 나풀거리네.

마치 천진난만한 노랑나비가
바람에 살랑거리며 날아가듯
하늘로 높이 떠나가려 하네.

나도 잠시 멈추어 서서
한 마리 노랑나비가 되어
하늘로 그들과 함께
훨훨 날고 있노라.

## Imagine Poetic Words in Your Mind.

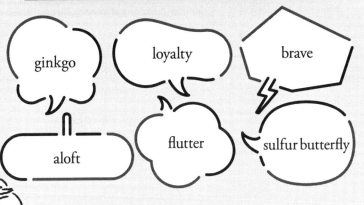

ginkgo

loyalty

brave

aloft

flutter

sulfur butterfly

## Create Poetic Expressions by Yourself.

I'm immersed in thought.

in memory of admiral Lee's loyalty

It's swaying in the wind.

## Let's Give It a Try.

# 완벽하지 않은 나무

서재에서 바라보는 울긋불긋한 앞산
마치 한 폭의 수채화를 보는 것 같네.

비바람 모진 풍파 홀로 견디면서
때로는 태풍에 온몸 흔들리고
햇볕에 얼굴 그을리면서 견뎌냈네.

혼자서는 부족한 나무들이
한곳에 모이니 한 폭의 수채화라!

아! 우리의 인생도 서로 함께 모이면
한 폭의 수채화라!

## Imagine Poetic Words in Your Mind.

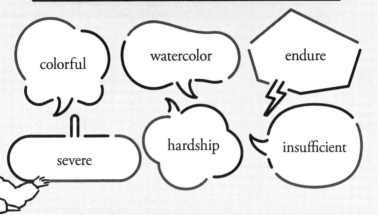

colorful

watercolor

endure

severe

hardship

insufficient

## Create Poetic Expressions by Yourself.

a piece of watercolor

get together

## Let's Give It a Try.

# 높이 높이

모두 모두 높이 높이 하늘을 향해
열심히 올라가고 있네.


주위도 돌아보지 않고
저 푸른 하늘의 나의 이상향을 찾아서
끝도 모를 먼 길을 한없이 올라가네.


욕심과 탐욕을 쫓아 한없이 올라와 보니
주위에는 아무도 없고
이제는 내려갈 수가 없네.


우리의 삶, 나의 삶이 이러한지
잠시 상념에 빠져보네.

## Imagine Poetic Words in Your Mind.

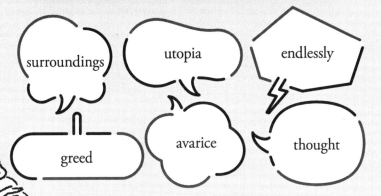

surroundings

utopia

endlessly

greed

avarice

thought

## Create Poetic Expressions by Yourself.

look around

in search of utopia

I'm lost in thought
in a moment.

## Let's Give It a Try.

# 세상이 왜 이래

어느 유행가 가수가 말하듯이
세상이 왜 이래

우리의 마음도 뒤죽박죽
이 세상도 뒤죽박죽
모두가 뒤죽박죽이네.

가진 것은 적었지만
마음만은 한없이 풍요로웠던
어린 시절 이웃의 따뜻한 정이
한없이 그립구나.

마음 따뜻한 그때 그 시절로 돌아가
따뜻한 이웃의 정을 느끼고 싶구나.

## Imagine Poetic Words in Your Mind.

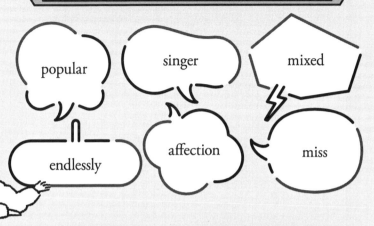

popular

singer

mixed

endlessly

affection

miss

## Create Poetic Expressions by Yourself.

What's wrong with the world?

It's all mixed up.

## Let's Give It a Try.

# 따로따로

어린 시절 냇가에서, 산에서
친구들과 함께 뛰어놀면서
자연과 하나가 되었던 시절

이제 모두 성장하여
아파트와 멋진 차를 놀이 삼아
빌딩 숲을 살며시 살며시 다니네.

점점 더 자연과 유리되어
살아가고 있는 우리네 삶들

오늘따라 아파트 건물들 사이의
작은 숲들이 친구들처럼
내 눈앞에 아른거리네.

## Imagine Poetic Words in Your Mind.

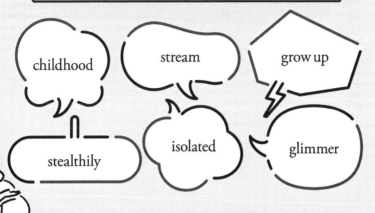

childhood

stream

grow up

stealthily

isolated

glimmer

## Create Poetic Expressions by Yourself.

getting more isolated from nature

glimmering in my eyes

## Let's Give It a Try.

# 평행선과 직선

두 개의 평행선이
서로 다른 길을 산책하듯이
뚜벅뚜벅 걸어갑니다.

서로 마주만 보면서
이제는 앞만 보고
뛰어 달리기 시작합니다.

마치 저 언덕 넘어
신기루를 먼저 잡겠다는 듯이
정신없이 뛰어갑니다.

두 개의 평행선이
서로 다른 길을 웃으면서
힘없이 걸어갑니다.

서로 마주 보면서
이야기를 나누면서
천천히 걸어갑니다.

## Imagine Poetic Words in Your Mind.

parallel line

swaggeringly

mirage

hectically

weakly

straight line

## Create Poetic Expressions by Yourself.

Two parallel lines are walking swaggeringly.

They become one straight line.

## Let's Give It a Try.

# 가족

코로나 바이러스로
오랜만에 가족이 몇 달 동안
함께 모였네.


집에서 각자 자기 일들을
충실히 하는 모습을 보니
마음 한구석이 짠해지네.


큰애야 참으로 열심히 살고 있구나!
작은애야 최선을 다하면서 얼마나 힘들었니!
여보, 정말 수고 많았소!


어려운 시기에 그나마
각지에서 가족이 모두 모이니
더욱 따뜻하고 행복하구나.

## Imagine Poetic Words in Your Mind.

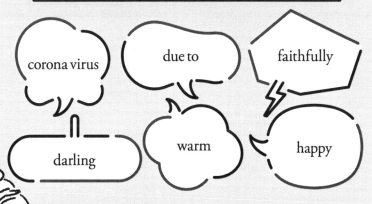

corona virus

due to

faithfully

darling

warm

happy

## Create Poetic Expressions by Yourself.

My family got together for the first time in a long time.

They do their own things faithfully.

It really makes me sad.

## Let's Give It a Try.

# 출근길

아침 일찍 우주선을 타고
머물고 있는 지구를 떠나
다른 행성으로 이동하네.


많은 다른 우주선들이
이리저리 비껴가면서
바쁘게 일터로 이동하네.


창밖의 낯선 모습들!
마치 내가 이방인처럼
머나먼 곳의 우주인처럼 느껴지네.


목적지 행성에 도착해
나만의 분주한 일상으로
서서히 빠져들어 가네.


이제 일상을 접고
잠시 후에 돌아갈
편안한 지구를 생각해보네.

## Imagine Poetic Words in Your Mind.

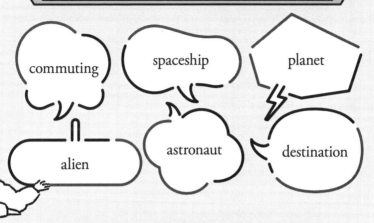

commuting

spaceship

planet

alien

astronaut

destination

## Create Poetic Expressions by Yourself.

Many spaceships are moving away from each other.

I feel like I'm an alien, a faraway astronaut.

## Let's Give It a Try.

# 푸른 하늘

마음이 뻥 뚫리는 찬란한 푸른 날에는
우리 함께 우주로 여행을 떠나자.


너와 나 모두 손을 맞잡고
푸른 하늘을 끝없이 끝없이 날아가자.


희뿌연 하늘이 오지 않도록
푸른 물감으로 색칠을 하면서
저 넓은 하늘 곳곳을 누벼보자.


언젠가 어느 먼 행성에 도착했을 때
내 마음의 흐린 하늘이 맑게 개도록
자꾸자꾸 푸른 하늘을 날아가자.

## Imagine Poetic Words in Your Mind.

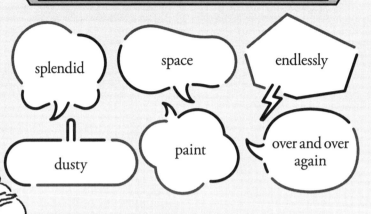

splendid

space

endlessly

dusty

paint

over and over again

## Create Poetic Expressions by Yourself.

on a splendid blue day

hit the road

## Let's Give It a Try.

# 벌거벗은 나무

봄, 여름 푸르름을 뽐내던 나무
가을이 되어 노랑, 빨강 잎으로
한껏 아름다움을 뽐내고 있네.

이제 겨울이 돌아오니
벌거벗은 나무가 되어
인고의 시간을 보내고 있네.

우리의 인생사, 벌거벗은 나무처럼
인고의 시간 견디면
또한 좋은 날들이 오리니

인간지사 새옹지마라.
서두르지 말자.

## Imagine Poetic Words in Your Mind.

show off

naked

endurance

perseverance

ups and downs

hurry up

## Create Poetic Expressions by Yourself.

They are showing off
their beauty.

There are ups and downs
in our lives.

## Let's Give It a Try.

# 쉬어 가자

인생 고개 넘다가 힘들면
우리 모두 쉬어 가자.


그리 주저앉아 있지 말고
무모하게 앞으로 가지 말고
쉬면서 주위를 돌아보자.


지금까지 올라온 고갯길에 감사하고
앞으로 나아갈 고갯길을 생각하며
잠시 쉬어 가자.


우리의 인생 너나 나나 모두
결국에는 하나의 길로 가는 것
잠시 빨리 가고, 늦게 가는 것일 뿐

## Imagine Poetic Words in Your Mind.

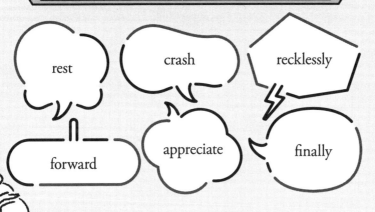

rest

crash

recklessly

forward

appreciate

finally

## Create Poetic Expressions by Yourself.

get some rest

We will go to the same direction.

## Let's Give It a Try.

# 지구의 위기

포스트 코로나 시대, 뉴 노멀 시대
새로운 신조어들이 불어오는 바람을 타고
여기저기서 흩날리고 있네.


애처로운 이 지구와 이별하는
떨어지는 한 떨기 꽃송이처럼
두둥실 가볍게 떠다니고 있네.


새로운 시대에 대처하는 것보다
우리가 살아온 삶들,
무분별한 개발과 환경 파괴를
먼저 반성해보는 것은 어떨까?


오늘 나도 떨어지는 한 떨기
외로운 꽃송이가 되어
아파하는 이 지구를 맴돌고 있네.

# Imagine Poetic Words in Your Mind.

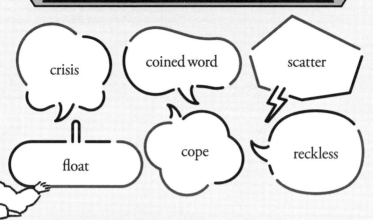

crisis

coined word

scatter

float

cope

reckless

# Create Poetic Expressions by Yourself.

reckless(ruthless) exploitation

environmental destruction

# Let's Give It a Try.

# 밭 일구는 노부부

아파트로 둘러싸인 생명의 땅에서
말없이 땅을 일구는 노부부가 있네.

현대식 높은 아파트 건물을 보니
마음이 답답했는데
생명의 땅을 보니 내 마음이 꿈틀거리네.

화려한 아파트 건물과 대조를 이루는
황토빛 흙을 바라보며
나도 모르게 생각에 잠기네.

이 땅은 생명을 움트게 할 것인가?
아니면 콘크리트 건물에 눌릴 것인가?

## Imagine Poetic Words in Your Mind.

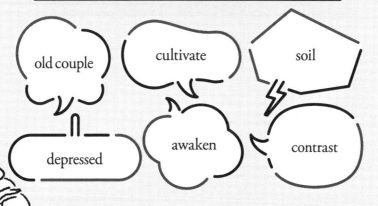

old couple

cultivate

soil

depressed

awaken

contrast

## Create Poetic Expressions by Yourself.

In contrast with splendid apartment buildings

Will this soil make life vivid?

Will it be pressed under concrete buildings?

## Let's Give It a Try.

# 우리를 위한 기도

하늘에서 내리는 하얀 함박눈을 보고
밝은 미소를 지으며 어린 시절로
우리 모두 돌아가게 하여 주소서.

하루하루의 소중한 날들을 살아가면서
주변에서 일상의 소소한 행복을 느끼며
앞만 보지 않고 옆도 볼 수 있는 사람이
우리 모두 되게 하여 주소서.

살아가는 동안 바쁜 일상생활 속에서
문명의 이기들 앞에서 노예가 되지 않고
자유로운 영혼이 되게 하여 주소서.

나보다는 너를, 너보다는 우리를
생각하게 하여 주시고
이웃과 함께 나누며 살아가게 하여 주소서.

## Imagine Poetic Words in Your Mind.

prayer

big snowflakes

childhood

cherished

civilization

slave

## Create Poetic Expressions by Yourself.

big snowflakes falling down
from the sky

Never go forward but
look around in our lives.

## Let's Give It a Try.

# 첫눈 1

온 세상을 부드럽게 적시면서
함박눈이 하늘에서 솜사탕처럼
우리의 마음에 달콤함을 안겨주네.

누군가에게는 어린 시절의 추억을
누군가에게는 현재의 고단함을
각자의 삶을 반추시키면서
하늘에서 펑펑 쏟아지네.

마치 붕어빵을 찍어내듯이
걸어가는 사람들이 조심조심 눈 위에
발자국들을 남기면서 사라지네.

나도 나의 어린 시절의 추억을
살포시 찍어내며 미소를 짓는데
어디선가 삶의 고단함이 손짓하며
빨리 이곳으로 오라고 나를 부르네.

## Imagine Poetic Words in Your Mind.

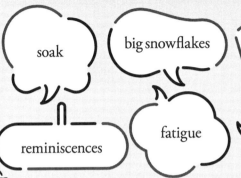

soak

big snowflakes

cotton candy

reminiscences

fatigue

beckon

## Create Poetic Expressions by Yourself.

giving away sweetness
to our hearts

just like making
carp-shaped pastries

## Let's Give It a Try.

# 첫눈 2

오랜만에 사방에서 흩뿌리는
첫눈을 살포시 밟으며
도로 위를 조심스럽게 걷네.


뽀드득뽀드득 눈을 밟는 소리가
아름다운 음악 선율처럼 들려오고
사방에서 까치가 반가운 손님을 맞이하듯
즐거운 노래를 합창하네.


잠시 가던 걸음을 멈추고 보니
온통 눈으로 덮인 하얀 세상은
우리가 사는 이전의 세상과는
완전 다른 세상이네.


나도 잠시 한 떨기 눈 꽃송이가 되어
별천지에서 활짝 꽃을 피워 보네.

## Imagine Poetic Words in Your Mind.

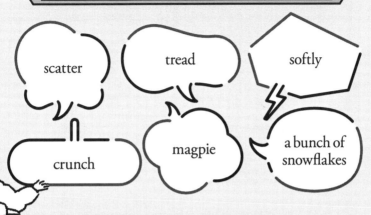

scatter

tread

softly

crunch

magpie

a bunch of snowflakes

## Create Poetic Expressions by Yourself.

after a long time

This world is totally different from that world.

## Let's Give It a Try.

# 눈이 내리는 아침

이른 아침 길가에 소복소복 쌓이는 눈을
하염없이 바라보며 상념에 잠겨 있네.


저 하얀 눈이 온갖 세상의 일들을
일어나지 못하도록 가로막고 있는 것 같네.


내 어린 시절 눈이 내리면
마냥 기쁘고 행복했던 시절
그 시절이 갑자기 스쳐 지나가네.


오늘 아침 나는 두 가지 생각에
이 세상과 저세상을 왔다 갔다 하네.

## Imagine Poetic Words in Your Mind.

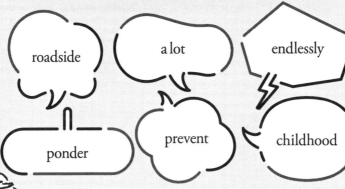

roadside

a lot

endlessly

ponder

prevent

childhood

## Create Poetic Expressions by Yourself.

Those days pass by suddenly.

I come and go between
this world and that world.

## Let's Give It a Try.

# 하얀 세상

사방을 둘러보니 온통 하얀 세상
앞산에도, 도로에도, 건물에도
온통 하얀 눈으로 덮여있네.


세상이 온통 하얗게 덮여있고
바람은 온몸을 시리게 불어오니
우리의 삶이 잠시 멈춰있네.


오랜만에 깨끗한 공기가 우리를 감싸고
우리도 하얀 세상을 만나니
이 별난 세상에서 잠시 쉬어 가고 싶어지네.

## Imagine Poetic Words in Your Mind.

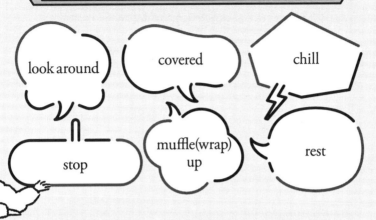

look around

covered

chill

stop

muffle(wrap) up

rest

## Create Poetic Expressions by Yourself.

The wind chills us to the bone.

I just want to get some rest in this different world.

## Let's Give It a Try.

# 고향

오랜만에 마음의
타임머신을 타고
행성을 이륙하네.

고속도로 고즈넉한
이국적 경치를 스쳐
미끄러지듯이 지나가네.

가는 여정 내내
길은 삼천리
마음은 지척

점점 멀어지는
낯선 이방인의 땅
나는 한 점 나그네

자유로운 영혼이 되어
어린 시절 추억으로
점점 빨려 들어가네.

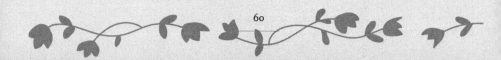

## Imagine Poetic Words in Your Mind.

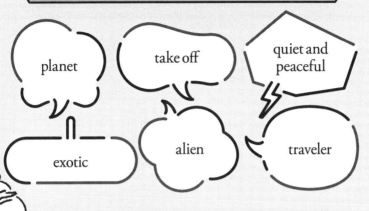

planet

take off

quiet and peaceful

exotic

alien

traveler

## Create Poetic Expressions by Yourself.

throughout the journey/
on my way hometown

I am a tiny traveler.

## Let's Give It a Try.

# 돈

하늘 높은 곳에서
돈들이 날아다니네.


우리 마음속에도
정이 날아다니지 않고
돈들이 날아다니네.


많은 사람들이 주식을
부동산을 생각하네.


거대한 자본주의 앞에
우리의 마음은 무너지고
나는 한 그루 상록수가 되노라.

## Imagine Poetic Words in Your Mind.

affection

stock

real estate

huge

capitalism

evergreen tree

## Create Poetic Expressions by Yourself.

Money is flying high
in the sky.

I become an evergreen tree.

## Let's Give It a Try.

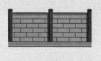

# 벽

길을 가다 사방을 둘러보니
하늘을 향해 우뚝 솟아 있는
콘크리트 아파트 건물 벽들

아파트 건물 벽들 사이로
한적한 텃밭이 놓여있고
밭을 일구는 노부부가 있네.

황금알을 낳는 흙을 일구는 것일까?
생명의 근원을 일구는 것일까?

걷고 있는 나도 내 마음의 수많은 벽들!
이 벽들을 뚫고 한 발짝 두 발짝 나아가
다른 사람들에게 다가가지 못하네.

## Imagine Poetic Words in Your Mind.

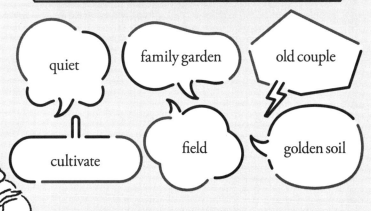

quiet

family garden

old couple

cultivate

field

golden soil

## Create Poetic Expressions by Yourself.

standing high in the sky

I am not able to come up to other people.

## Let's Give It a Try.

# 파도

안면도 방포해수욕장의 새벽 아침
밀려오는 파도 소리에 눈을 떠
저 멀리 아스라이 바닷가를 바라보네.

마침 해안가 가까이에 눈이 멈추면서
파도타기 하면서 이리저리 떠다니는
몇 무리의 바닷새들을 반갑게 맞이하네.

멀리서 바라보니 한 점 군무
자세히 살펴보니 파도와 싸우며
발들을 동동 구르며 역경을 헤쳐가고 있네.

우리의 찬란하고도 고된 인생도
이 바닷새들과 같으리.
나도 한 점 군무가 되네.

## Imagine Poetic Words in Your Mind.

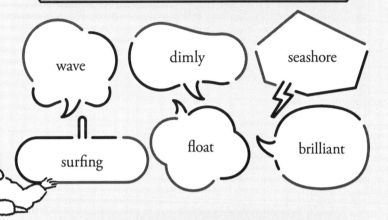

wave

dimly

seashore

surfing

float

brilliant

## Create Poetic Expressions by Yourself.

a group(bunch) of seabirds

group dance

They are making it through the sea with their feet stamping.

## Let's Give It a Try.

# 아침의 경치

아침에 창문을 열고 밖을 보니
앞동산의 개나리와 진달래
도로변의 벚꽃과 온갖 꽃들이
흐드러지게 피었네.


이른 초봄, 다른 해와 다르게
앞다투어 꽃들이
서로 꽃망울을 터트리네.


우리 사람들이 움츠러드니
자연이 먼저 활동을 시작하네.


나도 나만의 조용한 혼자만의 시간
주변을 무심히 둘러보니
소소한 일상들이 눈 앞에 펼쳐지네.

## Imagine Poetic Words in Your Mind.

front hill

forsythia

azalea

cherry blossom

scrambling

burst

## Create Poetic Expressions by Yourself.

All the flowers are
in full bloom.

All the flowers are scrambling
to burst into bloom.

## Let's Give It a Try.

# 그리움

햇살이 따뜻한 날 창문을 열면

황사와 미세먼지 걱정

매서운 추운 날 창문을 열면

온갖 바이러스 걱정


따뜻한 날 창문을 열고

시원한 바람을 온몸으로 느끼며

푸른 하늘을 설레는 마음으로

바라보던 그 시절이 그립구나.


추운 날 창문을 열고 밖을 바라보면

마음은 벌써 썰매를 타고

얼음 위에서 친구들과 함께 뛰어놀던

그 시절이 눈물이 나도록 처절하구나.

## Imagine Poetic Words in Your Mind.

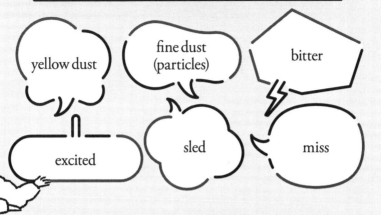

yellow dust

fine dust (particles)

bitter

excited

sled

miss

## Create Poetic Expressions by Yourself.

We are concerned about yellow dust and fine dust particles.

I really miss my childhood.

## Let's Give It a Try.

# 떨어지는 꽃잎

떨어지는 꽃잎을 보고 서글퍼 하지 마라.


이 화창한 봄날에
우리의 마음을 기쁘게 해주고
세상을 밝게 비추어 주었나니


떨어지는 꽃잎을 보고 서글퍼 하지 마라.


우수수 떨어지는 꽃잎을 뒤로하고
새잎을 돋아내어
나무를 한껏 풍성하게 살찌웠나니


나이가 들어감을 서글퍼 하지 마라.


주름살이 한 줄 두 줄 늘어감에 따라
우리의 연륜과 품격도 더욱 익어갈 테니


나이가 들어감을 서글퍼 하지 마라.


몸은 늙어갈지라도 마음은 더욱 젊어져
우리 삶이 윤기가 있고 풍성해질 테니

## Imagine Poetic Words in Your Mind.

flower petals

sad

sprout

wrinkles

experiences

dignity/class

## Create Poetic Expressions by Yourself.

Don't be sad about falling flower petals/getting older.

Leave the falling flower petals behind

The tree gains a lot of weight.

## Let's Give It a Try.

# 경작금지

앞산 둘레길 텃밭의 경작금지 팻말
오늘따라 누렇게 변한 황토흙과
시들어가는 풀들이 눈에 들어오네.


어느 필부에게는 일상의 소소한 행복을 주었고
누군가에게는 시골의 조화로운 풍경을 주었을 텐데
오늘은 모든 것이 시들해 보이네.


근린공원이 되면 인간과 생명체가
조화롭게 함께 살아갈 수 있을까?
아니면 고층 아파트들이 즐비하게 들어설까?

## Imagine Poetic Words in Your Mind.

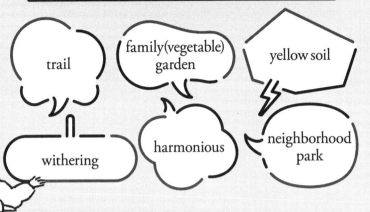

trail

family(vegetable) garden

yellow soil

withering

harmonious

neighborhood park

## Create Poetic Expressions by Yourself.

No cultivation sign

Would it be possible for human and life to live a happy life together?

## Let's Give It a Try.

# 보슬비 내리는 아침

이른 아침 앞산의 숲속을
아무 생각도 없이 혼자서 걸어보네.


보슬비 내리는 전경이
신비스럽고 너무 아름다워
나도 몰래 눈물이 나네.


문득 옆길의 소나무들 위에
살포시 내려앉은 보슬비를 보았네.


따사로운 햇빛이 내리쬐지 않아도
영롱한 물방울들이 소나무 잎사귀 위에
다이아몬드처럼 빛나고 있네.


나도 한 방울 물방울이 되어
소나무 잎사귀 위에 살포시 앉아보네.

## Imagine Poetic Words in Your Mind.

mindlessly

a drizzle of rain

mysterious

gently

bright

water drop

## Create Poetic Expressions by Yourself.

break into tears/shed tears

shining just like diamond

settle down on the leaf of pine tree

## Let's Give It a Try.

# 만남

한 사람이 다른 한 사람을 처음 만나는 것은
엄청나게 가슴 떨리고 설레는 일이다.


서로 다른 두 삶이 마주하는 것이기 때문이리라.


한 사람이 다른 한 사람을 만나 친밀해지는 것은
이 또한 엄청난 일이다.


서로 다른 두 삶이 부딪치며 함께 조화롭게
조정되어가는 것이 쉬운 일은 아니기 때문이리라.


한 사람이 다른 한 사람을 만나 평생 함께한다는 것은
정말로 경이로운 일이다.


서로 다른 두 삶이 살아가면서 두 개의 평행선을 그리든지
아니면 하나의 직선을 그리든지 함께한다는 것 자체가
평생 아름다운 것이 아니겠는가.

## Imagine Poetic Words in Your Mind.

incredibly (very)

thrilling

exciting

familiar

parallel line

straight line

## Create Poetic Expressions by Yourself.

It's an(a) incredibly(very) thrilling and exciting thing.

When one person meets the other person and becomes familiar with him,

## Let's Give It a Try.

79

# 점심 식사

마음을 서로 주고받고
소통하는 사람과의 점심 식사는
밥을 먹는 것이 아니라 정을 먹는 것이다.


밥으로 우리의 육체를 살찌울 수는 있지만
마음의 영혼을 살찌울 수는 없다.


비로소 정을 함께 먹을 때
우리의 영혼과 육체를 풍요롭게
함께 살찌울 수 있다.


아! 나는 함께하는 식사 때에
밥과 함께 정을 먹어
몸과 마음을 풍요롭게 살찌우고 싶다.

## Imagine Poetic Words in Your Mind.

rice

affection

fatten

soul

body

abundantly

## Create Poetic Expressions by Yourself.

We eat not rice, but affection.

I want to fatten my body and soul abundantly.

## Let's Give It a Try.

# 욕심과 탐욕

이 사회에 욕심과 탐욕이 넘쳐나면
우리 모두의 삶은 더욱 힘들어진다.


한 사람의 욕심은 본인 발전의 원동력이지만
탐욕으로 바뀌는 순간 주변 사람들을 힘들게 한다.


욕심은 개인의 욕망을 먹고 살고
탐욕은 우리 모두의 영혼을 갉아먹고 산다.


오늘 하루도 우리 모두의 행복을 위해
욕심과 탐욕을 적절하게 조절하면서
더불어 함께 사는 삶을 살고 싶다.

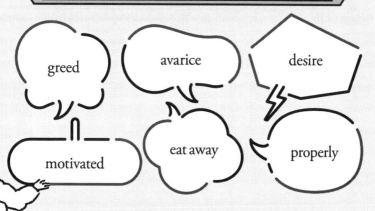

greed

avarice

desire

motivated

eat away

properly

## Create Poetic Expressions by Yourself.

If this society is full of greed and avarice,

Avarice eats away at our souls.

We need to control our greed and avarice properly.

## Let's Give It a Try.

# 스마트폰

조그만 네모 상자 안에
이 우주 삼라만상이 들어있다.


세상의 모든 정보와 대화가
이 네모 상자 안에 들어있다.


세상은 헤아릴 수 없이 넓은데
나의 시야는 더욱더 좁아지고 있다.


문득 네모 상자 안의 세상을
밖으로 꺼내
이 넓은 세상으로 날려 보내고 싶다.


이 넓은 세상의 지구 곳곳
방방곡곡, 동네 골목마다
대화의 꽃이 활짝 피도록 하고 싶다.

nature

information

communication

innumerably

sight(vision)

broad↔narrow

## Create Poetic Expressions by Yourself.

There are all things in nature.

My sight is getting narrower and narrower.

## Let's Give It a Try.

# 다른 색깔 열매

늦은 봄 아침 산책길에 만난 푸른 나무
무성한 나뭇잎들과 함께
검은 열매 빨간 열매 하얀 열매를
모두 품고 있네.

검은 열매는 하얀 열매를 향해
미성숙하다고 말하지 않고
하얀 열매는 검은 열매를
질투하지 않네.

마치 검은 열매는 하얀 열매에게
신선한 모습이 좋다고
하얀 열매는 검은 열매에게
노련해서 부럽다고 말하는 것 같네.

모두 모두 모여 환상적인 조화로
화려한 아름다움을 뽐내고 있네.

우리의 삶도 이 나무처럼 조화를 이루어
아름다운 자태를 뽐내보는 것은 어떨까?

## Imagine Poetic Words in Your Mind.

fruit(berry)

bear

immature

jealousy(envy)

spectacular

figure

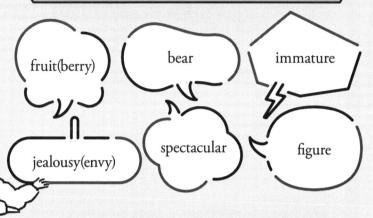

## Create Poetic Expressions by Yourself.

This tree bears black, red, white fruit.

White fruit is not jealous of black fruit.

They are showing off spectacular beauty.

## Let's Give It a Try.

# 어디로 가는 걸까? 1

내 마음에 기쁜 소식을 전해주는
행복의 전령사인 까치
이 산이 개발되면 어디로 가는 걸까?

어디선가 살포시 숲속에 나타나
아름다운 자태를 뽐내는 꿩
삶의 둥지를 잃으면 어디로 가는 걸까?

나에게 자연의 신비함을 선사하는
정말 어렵게 보는 고라니
여기 아니면 어디서 살아갈까?

잠시 멈춰서서 숲속을 한참 동안 바라보다
내 마음의 갈 곳을 잃어버렸네.

## Imagine Poetic Words in Your Mind.

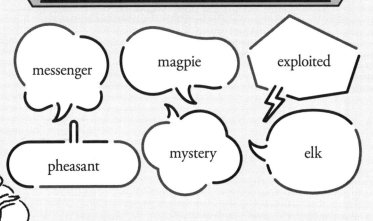

messenger

magpie

exploited

pheasant

mystery

elk

## Create Poetic Expressions by Yourself.

Where are you going?

I got lost in my mind.

## Let's Give It a Try.

# 축제

때 이른 초여름
신록은 더욱 푸르름을 더해가는데
어제 내린 비로 나무 열매들이 떨어져 있네.

여기저기 온갖 새들이 지저귀며
떨어진 나무 열매들을 둥지로 나르고 있네.
마치 축제를 열 듯 향연이 펼쳐지고 있네.

가을 추수 때에 곡식을 거두고
이웃과 함께 즐거움을 나누던
우리의 삶과 너무나도 닮아있네.

이 얼마나 아름다운 장면인가?
어찌하여 우리는 함께 하는 삶을
그대로 내버려 두지 않는 걸까?

## Imagine Poetic Words in Your Mind.

festival

fruits(berries)

chirp

nest

harvest

crops

## Create Poetic Expressions by Yourself.

In the early summer

It's so similar to our lives.

A feast is taking place as if they were throwing(holding) a festival.

## Let's Give It a Try.

# 환상의 조합

때 이른 초여름 햇빛을 받아
푸르름을 더해가는 신록과 나무 열매
새까만 열매, 불그스레한 열매, 새하얀 열매
모두 함께 모여 환상의 조합을 이루네.

푸른 나무 아래 생기있는 풀꽃과 새들
새들은 풀숲을 헤치며 퍼드덕 날아가고
풀꽃들은 햇빛 아래 덩실덩실 춤을 추며
아름다운 숲속의 축제를 이끌고 있네.

가끔은 비바람 맞고, 바람에 잔가지 꺾이며
어려움 스스로 헤쳐가며 오늘에 이르렀겠지.
자연이 이럴진대 우리의 인생살이
별반 무엇이 다르랴!

## Imagine Poetic Words in Your Mind.

reddish

combination

joyfully

lead

grass flower

similar

## Create Poetic Expressions by Yourself.

They get together to form a fantastic combination.

Birds make their way through the grass and fly away.

Our life is very similar to nature.

## Let's Give It a Try.

93

# 마음의 여유

하루하루를 정신없이 바삐 살다가
어느 하루 마음의 여유를 얻었네.

어제 들리지 않던 자연의 소리가 들리고
어제 보이지 않던 놀이터에서 놀고 있는
개구쟁이들이 보이네.

내 마음이 열리니 내 시야가 넓어지고
더 넓은 세상을 만끽하네.

## Imagine Poetic Words in Your Mind.

daily
(every day)

playground

naughty

sight

broad(wide)

enjoy

## Create Poetic Expressions by Yourself.

I'm so busy daily(every day).

One day I felt at home.

I'm enjoying much
broader(wider) world.

## Let's Give It a Try.

# 걸어보자

그동안 무심코 걷던 숲길을
마음속의 자연과 함께 걸어보자.


바람에 살랑거리며 나부끼는 나뭇잎
지저귀는 새소리와 소곤소곤 속삭이는 풀들
마치 오케스트라 연주처럼 울려 퍼지며
내 마음의 심금을 울리네.


모든 생명체가 내 마음과 내 눈에
하나씩 하나씩 차근차근 들어차
들러리가 아닌 진정한 마음의 친구가 되네.

## Imagine Poetic Words in Your Mind.

unconsciously

chirping

whispering

heartstrings

sidekick

authentic
(genuine)

## Create Poetic Expressions by Yourself.

Leaves moving gently in the
breeze(wind)

They pull my heartstrings.

They are not sidekicks but
authentic friends.

## Let's Give It a Try.

# 카페 앞에서

카페 앞 테라스에서
시원한 바람을 맞으며
바라본 논과 도로, 건물,
아파트들

도로 위로는 차들이 지나가고
건물과 아파트 위로는 바람이 지나가고
논 위로는 까치와 왜가리가 함께
노닐다가 위로 지나가네.

내가 바라본 논은 논인데
푸른 벼가 자라는 논이 아니네.

머지않아 이 작고 소중한 자연은
문명의 역습 앞에 바람처럼 사라지겠지.

## Imagine Poetic Words in Your Mind.

terrace

rice(paddy) field

magpie

heron

cherished (precious)

counterattack

## Create Poetic Expressions by Yourself.

Winds are blowing over the buildings and apartment.

Sooner or later this little cherished nature

She will disappear like a wind facing a civilized counterattack.

## Let's Give It a Try.

# 반려동물

이른 아침 창문을 바라보니
학교 운동장에서 주인과 강아지가
시원한 공기를 마시며 함께 뛰고 있네.

힘차게 뛰고 있는 주인을 졸래졸래 따라가며
하얀 꼬리를 살래살래 흔드는 모습이
너무 귀여워 깨물어 주고 싶네.

안방에는 고양이가 침대 옆에서
조용히 새근새근 잠을 청하고 있네.
때론 새침데기처럼 행동하고
애교를 잘 부리는 고양이

사람들이 생명체와 함께 하는 모습이
너무 아름다우면서 당연한 모습이지만
문득 사람들과의 대화시간이 그리워지네.

## Imagine Poetic Words in Your Mind.

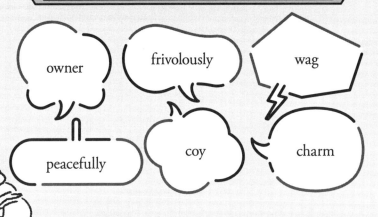

owner

frivolously

wag

peacefully

coy

charm

## Create Poetic Expressions by Yourself.

The dog comes wagging its white tail.

The cat is showing off its charm.

## Let's Give It a Try.

# 기후 변화

앞산을 거닐 때면 언제나 반갑게
맞이해주는 변함없는 나무들과 풀꽃들


지금 나에게 불어오는 바람은
옛날의 바람이 아닌 것 같아.


마치 화난 것처럼 짧은 기간 동안
여러 번 격하게 휘몰아치고 있네.


하늘에서 내리쬐는 뜨거운 햇빛도
전염병에 감염이 되어 아프다고 하네.


아무 준비 없이 햇빛을 받으면
우리도 감염될 수 있다고 걱정하네.


어떻게 하면 우리가 사는 지구를
건강하고 안전하게 지킬 수 있을까?

## Imagine Poetic Words in Your Mind.

whirl

climate change

violently

infected(infectious)

preparation

preserve

## Create Poetic Expressions by Yourself.

The wind blowing in front of me is not like the wind of the past.

It is swirling violently many times.

The sun says it is sick just because it is infected with an infectious disease.

## Let's Give It a Try.

# 어려움

사람이 사람을 만난다는 것은
참으로 어렵고 엄청난 일이다.


내가 만나는 한 사람의 일생과 역사가
내게로 하나하나 다가오기 때문이리라.


우리 인류의 역사를 돌아볼진대
한 나라가 다른 나라와 만날 때마다
나라의 흥망성쇠가 교차했었나니.


우리 각자의 일생과 역사도
누군가를 만나서 함께 할 때마다
희로애락이 교차했었으리라.


어려운 시기에 서로 힘을 모아
어려움 함께 헤쳐나가고


기쁜 시기에 함께 어우러져
기쁨을 서로 함께 나눈다면


그래도 우리 인생 빛나지 않겠는가?

## Imagine Poetic Words in Your Mind.

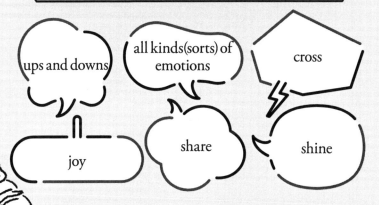

ups and downs

all kinds(sorts) of emotions

cross

joy

share

shine

## Create Poetic Expressions by Yourself.

It's a really tough and great deal.

Looking back on our human history

Nevertheless wouldn't our lives shine?

## Let's Give It a Try.

# 폭염

이른 여름 아침
열린 창문 사이로
내리쬐는 햇빛이
옛날의 햇빛이 아니네.

아파트에서 바라본
우뚝 솟은 건물과 아파트들
그들 사이로 경작된 논들과
한가운데 파헤쳐진 논이 보이네.

녹색의 논은
자연의 순리이고
황토흙이 드러난 논은
인간의 욕심이겠지.

오늘따라 햇빛을 받으며
냇가에서 물장구치고
시원한 나무 그늘을 벗 삼아
친구들과 수박을 맛있게 먹던
그 시절이 몹시도 그립구나.

## Imagine Poetic Words in Your Mind.

heatwave

cultivated

rice(paddy) field

exploited

a law of nature

yellow soil

## Create Poetic Expressions by Yourself.

It's just not like the old one.

I really miss my childhood.

There are cultivated rice fields and a exploited rice field among them.

## Let's Give It a Try.

# 인생

흐릿한 구름 사이로도
언젠가는 반드시 따뜻한
햇빛이 온 누리에 비추리라.


찌는듯한 폭염에도
새벽에는 시원한 바람이 불어와
가을을 알리는 전조가 되리라.


우리의 인생도 어려운 시기에
살며시 좋은 날들 찾아오니
인간지사 새옹지마라.

## Imagine Poetic Words in Your Mind.

blurred (blurry)

heatwave

sign(herald)

sweltering (scorching, sizzling)

hard

secretly

## Create Poetic Expressions by Yourself.

Even through the blurred clouds

There are always ups and downs in our lives.

## Let's Give It a Try.

# 어디로 가는 걸까? 2

윙윙 울려 퍼지는 전기톱 소리
아파트들로 둘러싸여 있는 앞산에서
개발의 소리가 사방으로 울려 퍼지네.


산책길에 반갑게 맞이해주던
까치들은
어디로 가는 걸까?


가끔씩 후다닥 뛰어가던
고라니는
어디로 가는 걸까?


온갖 아름다움을 뽐내던
꿩들은
어디로 가는 걸까?


오늘따라 사람과 자연이
함께 사는 방법을
처절하고 절실하게 생각해보노라.

## Imagine Poetic Words in Your Mind.

electric(power, chain) saw

buzzing

walking path

magpie

elk

pheasant

## Create Poetic Expressions by Yourself.

Where are you going?

The buzzing sound of an electric saw

The sound of exploitation spreads out in all directions.

## Let's Give It a Try.